몫

몫

최은영 글×손은경 그림

미메시스

차례

당신과 정윤은 대학 도서관 입구에서 마주쳤다. 당신은 졸업생에게 발급되는 도서관 출입증을 어떻게 얻을 수 있는지 문의하고 있었고, 정윤은 책을 빌려 도서관을 나오는 중이었다.

해진아, 정윤이 당신의 이름을 불렀다. 당신은 그녀를 멍하니 바라보다 언니, 하고 답했다.

둘은 도서관 앞 벤치에 앉았다. 오월의 햇볕이 뜨겁게 느껴지는 정오 즈음이었다.

이게 얼마만이지?

언니 결혼식 때 본 게 마지막이지.

그게 마지막이었나.

당신은 고개를 끄덕이고, 눈앞에 보이는 커다란 건물을 가리키며 딴청을 피웠다.

언니, 저 자리에 뭐 있었지?

모르겠어.

정윤의 목소리가 조금 달라졌다고 당신은 생각했다. 정윤은 망설이며 모르겠어, 같은 말을 하는 사람이 아니었다. 그녀의 목소리는 차갑고 맑은 물 같았다. 목소리 자체도 맑았지만 그보다는 그 목소리가 담고 있는 결기가 차갑고 시원하게 느껴졌다. 자신에 가득 찬, 자기 자신을 온전히 믿는 사람만이 낼 수 있는 목소리라고 그때의 당신은 생각했다. 정윤이 조리 있게 자신의 생각을 말로 풀어내는 모습을 볼 때, 당신은 매혹되었으나 동시에 옅은 거부감을 느끼기도 했다.

당신은 고개를 돌려 정윤을 바라봤다. 드문드문 새치가 섞인 단발머리에 코팅이 벗겨진 검정색 뿔테 안경, 검은 투피스 바지 정장, 반질반질한 가죽 크로스백 위로 가지런히 얹은 손. 당신은 정윤의 손에서 시선을 멈췄다. 힘

줄이 튀어나오고 손가락 마디마디가 굵은, 주름이 진 커다란 손. 작은 몸집과 어울리지 않는 그 손을 바라보다 당신은 입을 열었다.

언닌 그대로다.

정윤의 얼굴에 미소 비슷한 것이 떠오르다가 사라졌다.

너도 그래.

그렇게 말하고 둘은 서로를 바라보며 멋쩍게 웃었다.

그대로라는 말이 거짓인 것만은 아니었다. 그대로라는 말은 그 많은 변화 속에서도 여전히 예전의 당신이 존재한다고, 그 사실이 내 눈에 보인다고 서로에게 일러 주는 일에 가까웠다. 정윤은 그 또래보다 나이가 더 들어 보였다. 새치를 염색하지 않은 데다 얼굴에 화장기가 없어서 그런 것인지도 모른다고 생각했지만 얼굴 자체에 배인 피로가 그런 인상을 강하게 해주는 것 같았다. 그런데도 당신의 눈에는 그때의 정윤이 보였다. 당신이 학생회관 쪽으로 걸어가고 있으면 편집실 창문에서 〈이해진이!〉 부르고

유난스럽게 손을 흔들던 스물하나, 2학년 선배의 모습이. 술을 마시고 나면 막대 아이스크림을 꼭 두 개씩 사다가 크게 베어 물고는 맛있게도 씹어 삼키던 모습이. 언닌 이도 안 시리나, 눈도 안 시리나. 보는 내가 눈이 시리네. 그렇게 매번 잔소리하던 그때의 자기 모습도 기억났다.

당신은 정윤을 그녀의 글을 통해 먼저 알았다. 도서관 앞에 쌓여 있던 교지를 집어 들고, 당신은 한참을 푹 빠져 그 책을 읽었다. 여러 글들 중에서도 당신의 마음을 잡아끈 건 정윤의 글이었다. 몇 번이나 읽었던 그 기사의 제목은 〈A여자대학교에서의 집단 폭력, 일부 학생들의 문제인가〉였다.

해마다 있던 일이었지만 1996년 그해는 유독 폭력의 수위가 높았다. 500여 명에 달하는 당신의 학교 학생들이 고무장갑을 끼고 호루라기를 불며 대동제가 진행 중이던 A여자대학교 광장을 점거했다. 기차놀이 대형으로 A여자대학교 학생들을 밀치고 폭행했다. A여자대학교의 많은 학생들이 이 과정에서 부상을 입고, 머리채를 잡히고 주먹으로 가격당했다.

정윤의 글은 취재에 기반하고 있었다. 당신의 학교 학생들이 정확히 어떤 행동을 했고, 어떤 피해가 발생했으며, 이런 집단 폭력이 매해 반복되는 이유가 무엇인지 정윤은 건조한 문장으로 진술했다. 그들의 행동이 왜 치기 어린 〈놀이〉도, 〈장난〉도 아닌지에 대해서. 정윤의 논리에는 막힘이 없었고 차근차근한 설명은 집요했다.

그 글을 읽고 당신은 과거의 자신을 바라봤다. 남자 선배들이 이 사건을 영웅담으로, 농담으로 이야기할 때 그저 미친놈들의 헛소리라고 생각했던 과거의 자신을. 그저 듣기 싫고, 피하고만 싶어서 못 들은 척했던 그때의 자신을. 정윤의 글을 읽은 당신은 그 글을 읽기 전의 당신이 아니었다.

당신은 그런 글을 쓰고 싶었다. 한 번 읽고 나면 읽기 전의 자신으로는 되돌아갈 수 없는 글을, 그 누구도 논리로 반박할 수 없는 단단하고 강한 글을, 첫 번째 문장이라는 벽을 부수고 앞으로 나아갈 수 있는 글을, 그래서 이미 쓴 문장이 앞으로 올 문장의 벽이 될 수 없는 글을, 언제나 마음 깊은 곳에서 잠겨 있는 당신의 느낌과 생각을 언어로 변화시켜 누군가와 이어질 수 있는 글을.

편집부 면접이 있던 날, 당신은 선배 부원들이 묻는 질문에 어렵지 않게 대답할 수 있었다. 그러나 주제가 주어진 작문 시험에서 당신은 쓰던 문장을 지우고, 다시 지우고를 반복했다. 당신은 첫 문장을 쓰고 머뭇거리다 두 번째 문장을 쓰지 못하는 사람이었다. 일기조차도 써본 적이 없어서, 선물로 받은 노트에 날짜를 적고 그날 했던 일의 작은 목록을 만드는 정도로만 기록할 정도였다. 그때의 당신은 글을 쓰는 법을 알지 못했다.

길게 쓸 필요 없어요. 자기 생각만 분명하게 쓰면 돼요.

편집부 소파에 앉아 신문을 읽던 정윤이 작은 목소리로 당신에게 말을 걸었다.

길게 쓸 필요가 없다는 말에 당신은 메모한 생각을 단순하게 옮겨 적는 식으로 글을 썼다. 두 단락 정도 되는 글로, 다 쓰고 보니 지우개 가루가 종이 위의 글씨보다 더 많았다. 그날, 편집부 테이블에 둘러앉아 글을 쓴 지원자는

다섯 명이었다.

합격 전화를 받고, 당신은 첫 편집 회의에 갔다. 수습 위원으로 회의에 참관했다. 세 사람이 합격했는데 한 명은 마지막에 마음을 바꿔 오지 않게 됐다고 했다. 그래서 합격한 것이 당신과 희영, 1학년 2학기에 들어선 두 사람이었다. 당신은 그녀를 기억했다. 당신 맞은편에 앉아서 망설이지 않고 검은색 플러스펜으로 글을 쓰던 평온한 얼굴을. 지우개로 문장을 지워 가며 당신은 그녀를 잠시 바라봤었다. 꼿꼿하게 앉아 글을 쓰는 모습이 자연스러워 보였다.

그때, 그 첫 회의 때 선배들의 모습이 얼마나 커보였는지 당신은 기억하고 있다. 고작 한두 살 차이밖에 나지 않았지만 그들이 회의에서 의견을 주고받는 모습은 당신의 작은 마음을 압도했다. 어떤 주제로 글을 쓸 것인지 그들은 한정 없는 토론을 했다. 일주일에 두 번은 편집회의와 정세 토론을 하고, 한 번은 사회 과학 서적 세미나를 하고, 수습 위원의 경우 일주일에 한 번 수습 세미나를 했다. 일주일에 네 번을 만나면서도 당신은 그들의 토론에 끼어

들지 못하고 머뭇대고 망설이다 해진도 생각하는 거 있으면 말해 봐요, 라는 말에 겨우 입을 뗐다. 그래도 당신은 그곳이 좋았다. 지겹고 힘든 일들만 있었다고 기억했던 때도 있었지만 시간이 더 지나고 나니 당신이 그곳을 얼마나 좋아했는지 알 수 있었다. 당신은 그곳을 떠나지 못했으니까. 포기할 수가 없던 부분이 있었으니까.

정윤은 수습 세미나 간사였다. 정치와 사회에 관련된 소논문을 모아 수습 세미나 자료집을 만들고 한 학기 동안 그 자료집으로 세미나를 진행했다. 정윤은 잘 들어주는 사람이었다. 말을 끊지 않았고, 충분히 들은 뒤에 자기 의견을 이야기했다.

희영과 당신은 매주 발제를 한 장씩 써와 서로의 앞에서 소리 내어 읽었다. 당신이 요약 발제를 해가는 식이었다면, 희영은 자신이 독서를 하며 느꼈던 몇 가지 문제의식을 중심으로 글을 썼다. 고작 한 장짜리 발제인데도 희영의 글은 날카롭고 유려했다. 어디에서도 보지 못한 개성이 있었다. 그때의 당신은 차마 질투조차 하지 못한 채로,

영원히 희영과 같은 글을 쓰지 못할 것이라는 절망감을 느꼈다.

정윤은 당신이 써간 글을 자주 격려했다. 텍스트의 내용을 잘 파악하여 정리했고, 접근이 신중하다는 칭찬이었다. 반대로 그녀는 희영이 써온 글에 대해 완곡하게나마 매번 비판했다. 이 주장에 대한 객관적인 근거가 뭐죠? 설득하지 못하는 글은 강요가 될 수밖에 없어요. 논리의 비약이 잦아요. 희영은 정윤의 조언을 들고 다니는 노트에 메모했다.

셋은 세미나를 끝내고 같이 밥을 먹기도 하고 술을 마시기도 했다. 당신은 부모의 집에서 살았고, 정윤은 학교 앞에서 자취를 했고, 희영은 희영의 고향인 J시에서 지원하는 기숙사에 살았다. 막차를 타고 당신이 집으로 떠나갈 때, 희영은 외박계를 쓰고 정윤과 남아서 시간을 더 내다 정윤의 집에서 자곤 했다.

정윤이 자기감정을 철저하게 숨기지 못했다고 지금의 당신은 생각한다. 희영에 대한 호감, 그녀가 쓴 글에 대한 애정, 희영에게 잘 보이고 싶은 마음, 희영과 함께 하는 시간의 기쁨 같은 것들을 정윤은 제대로 감추지 못하여 당신을 외롭게 했다. 정윤은 공평하고 사려 깊은 사람이었기에 그런 감정을 노골적으로 드러낸 적은 없었다. 그러나 당신 눈에 보였으므로, 당신은 언제나 그런 공기를 읽는 사람이었으므로, 당신은 느낄 수 있었다.

수습 세미나가 끝날 무렵 방학이 왔고, 교지 출간 일자가 잡혔다. 개강을 하면 출간을 하는 형식이었기에 편집부원들은 방학 동안 작업을 몰아서 했다. 본격적으로 책의 큰 뼈대를 만들고, 각 꼭지의 담당자를 정해 인터뷰, 외부 필자 청탁, 편집부원들이 써야 할 글의 업무를 분담했다.

당신은 반공주의 꼭지의 한 글을 맡았다. 공교육 내에서의 반공주의 교육이 어떻게 이루어졌는지를 분석하는 글이었다. 반공주의 관련 책을 출판한 학자와의 인터뷰에도 한 선배를 따라 함께 가기로 했다. 쓰고 싶었던 주제는 따로 있었지만, 어떻게 펼쳐 가야 하는지 잘 알지 못했기 때문에 끝까지 주장하지는 못했다. 그리고 이상하게도, 아무리 기억하려고 해도 당신은 그때 무엇을 쓰고자 했는지 기억하지 못하게 된다.

희영은 몇 년 전 B대학교에서 일어난 교수 성희롱 사건을 분석하는 글을 쓰겠다고 했다. 그녀는 회의 시간에 관련 자료 목록과 글의 개요를 가져와 다른 부원들을 설득하고자 했다. 당신을 포함한 부원 열 명의 의견은 반으로 갈렸다.

지면이 한정되어 있기 때문에 더 중요한 주제를 다루어야 한다는 것이 그 주제를 반대하는 사람들의 의견이었다. 김영삼 정권 말기의 정치, 학생 운동의 분열과 쇠퇴, 공권력 남용 같은 문제에 대해 쓸 지면도 모자라다는 말이었다. 찬반이 반으로 갈렸지만, 반대하는 쪽의 목소리에 더 힘이 실려 있다고 당신은 생각했다. 그때까지 침묵하던 정윤이 입을 열기 전까지는 그랬다.

우리 좀 솔직해지죠. 지면 모자란 거 아니잖아요. 어차피 몇 장 더 인쇄한다고 예산이 주는 것도 아닌데, 왜 지면 문제를 이야기하는지 모르겠어요. 그 주제 자체가 거슬리는 거 아닌가요.

우리는 시류를 읽어야 해.

그렇게 말한 건 용욱 선배였다. 세계가 급변하고 있는데, 개인의 윤리 문제를 다룰 지면은 없다고 했다. 타락한 개인의 문제는 개인의 문제일 뿐, 그것을 정치와 사회의 흐름을 읽어 나가야 할 지면에서 굳이 다룰 필요는 없다는 요지의 말이었다.

이건 일개 여성 문제가 아니라 대학원 사회의 기형적인 권력 구조에 관한 문제입니다.

정윤은 용욱의 말에 그렇게 답했다.

지금의 당신은 생각한다. 그런 말은 언제나 힘이 있었다고. 이건 여성 문제가 아니다, 더 큰 억압의 문제다, 라는 식의 논리는 언제나 강했고 다수를 설복할 수 있었다. 정윤이 자신의 말을 진심으로 믿었는지는 알 수 없는 일이었다. 그러나 그렇게라도 하지 않으면 논의조차 될 수 없었던 이야기들을 정윤은 수면으로 올려놓고자 노력했다. 정윤이 그렇게 주장하지 않았더라면 희영의 주제는 회의를 통과하지 못했을 것이다.

당신이 쓴 글이 책 안에 들어가 출판된다는 사실만으로도 당신은 움츠러들었다. 방학 내내 당신은 회의가 없는 날에도 자료를 수집하고 생각을 정리했다. 글쓰기 기간에 들어서는 밥 먹고 자는 시간을 제외하고는 글쓰기에 매달렸다. 문장과 문장이 유기적으로 연결되기를, 모든 단락이 제 역할을 다하고 당신이 하고 싶은 말을 온전하게 전달할 수 있기를 당신은 바랐다.

초고를 소리 내어 읽는 회의에 가서 당신은 선배들로부터 단정하고 성실한 글을 써왔다는 평가를 받았다. 기존의 논의들을 잘 정리하여 친절하게 설명하였다고. 그렇지만…… 정윤이 말을 더했다. 자기 생각이 잘 보이지 않아요. 해진의 목소리가 무엇인지 모르겠어요. 자기 목소리를 넣는 방식으로 글을 다시 써야 합니다.

충분히 자기 의견을 개진했다고 생각했기에 당신은 당황했다. 여기서 어떻게 더 자신의 목소리를 넣어야 하는지 알 수 없어서. 어떻게 해야 하는 거죠? 당신은 선배들에게 물었다. 제 생각을 얼마나 더 넣어야 한다는 거죠? 당신은 선배들의 조언을 종이에 빼곡하게 적었다.

열 명이 준비한 원고를 모두 소리 내어 읽고 논의해야 했기에 그날 회의는 15시간으로 잡혀 있었다. 아침 9시에

모여 회의를 하고, 점심을 먹고 회의를 하고, 저녁을 먹고 다시 회의를 해서 밤 12시에 끝내는 것이 계획이었다. 마지막 순서였던 희영은 밤 11시가 되어서야 자기가 써온 글을 낭독할 수 있었다. 라디에이터에서 더운 김이 조금 나오기는 했지만 창에서 찬바람에 쏟아져 들어와서 당신은 담요를 뒤집어쓰고 그 시간이 지나가기를 기다렸다.

당신은 아직도 그날 밤을 기억한다. 희영이 써온 긴 글을 처음으로 읽고 들었던 순간의 충격을. 그곳에서 담요를 뒤집어쓰고 앉아 차갑게 언 발의 감각을 느끼며, 그녀의 글을 읽고 있던 스물에서 스물하나가 되어 가던 당신의 모습을 기억한다.

희영이 자신이 써온 글의 마지막 문장을 읽었을 때, 편집실은 고요했다. 글이 끝났는데도 편집실의 공기를 채운 집중이 흐트러지지 않았다. 아마 편집실 안의 열 명 모두 알고 있었으리라고 지금의 당신은 생각한다. 희영에게는 타고난 관찰력, 자기 생각을 끝까지 끌어가는 용기, 그것을 뒷받침해 주는 지력이 있었다.

희영이 지녔던 장점들의 상당수는 노력으로 얻을 수

있는 것이었지만, 몇 가지는 그렇지 않았다. 그녀는 타인의 상처에 대한 깊은 수준의 공감을 했고, 상처의 조건과 가능성에 대한 직관을 지니고 있었다. 글쓰기에서는 빛날 수 있으나 삶에서는 쓸모없고 도리어 해가 되는 재능이었다.

글 쓰는 일을 직업으로 삼고 나서, 정말로 글을 써야 하는 사람들은 모두 떠나고 쓸 줄 모르는 당신만 남아 글을 쓰고 있다고 생각하던 날들이 있었다. 그 나날이 길었다.

*

저기, 연극부 건물이 있지 않았었나……. 집처럼 생겨서. 저, 앞쪽으로 길이 나 있고 양쪽엔 나무들이 있었던 것 같은데.

정윤은 손차양으로 햇빛을 가리고 눈가를 찌푸리며 앞의 건물을 바라봤다. 그렇게 열심히 바라보면 예전 모습이 눈앞에 나타날 수 있다는 듯이.

맞다. 그랬던 것 같아. 지붕도 있는 작은 집이었던 것 같은데.

어. 아마 그랬을 거야.

정윤의 결혼식에서 그녀를 마지막으로 보고 당신은 그녀에게 다시 연락하지 않았다. 당신과 정윤은 끝까지 웃으며 이야기했다. 단정한 드레스를 입은 정윤의 옆에서 사진을 찍고, 돌아서서, 그것으로 끝이었다. 미국으로 떠나며 정윤은 당신에게 연락하지 않았다.

정윤은 용욱 선배의 유학을 위해 그와 결혼하여 미국으로 갔다. 그때 느꼈던 실망감을 당신은 희미하게 떠올렸다. 왜 용욱 선배였을까. 둘 중 공부를 해야 할 사람이 있다면 그건 정윤이었다. 왜 본인의 석사 과정조차 마치지 않고 학업까지 포기한 채로 미국에 가서 그의 뒷바라지를 시작한 것인지 당신은 실망을 넘어 배신감을 느꼈다.

당신과 정윤은 한참 동안 대화 없이 건물을 바라보고 있었다.

네가 쓴 기사들, 구글링해서 따라 읽었어.

정윤이 입을 열었다.

기사마다 네 메일 주소가 나오니까, 메일 보내 보자고 생각도 했었는데…….

왜 그런 생각을 했느냐고 당신은 묻지 않았다.

내가 보냈던 메일…… 받았던 거지?

당신의 물음에 정윤은 가만히 고개를 끄덕였다.

당신의 글이 실린 첫 교지가 나오고, 당신은 편집부 사람들과 가까워졌다. 편집실은 학교에서 가장 편안한 공간이 됐다. 공강 시간이면 편집실에 가서 그곳에 모인 부원들과 이야기를 했고, 점심시간에도 같이 점심을 먹었다. 회의 시간에는 서로 경어를 썼지만, 회의 시간이 아닐 때는 서로 친근하게 반말을 했다. 2학년이 되면서 새로운 수습 위원들이 들어왔고, 고학번 선배들은 활동을 정리했으며 희영은 수습 세미나 간사가 됐다. 당신은 더 이상 겉돌지 않았다. 그 공간으로부터 받아들여지고 그들의 일부가 된다는 느낌이 당신은 좋았다.

편집부 일이 학교생활의 중심이 되다 보니 다른 일들은 다 뒷전이 됐다. 리포트를 제출하고 시험은 봤지만 수

업에 잘 들어가지 않았다. 당신의 전공인 언어학 수업을 들으면서 자주 졸았다. 반면 사회학과 전공인 희영은 아침 수업부터 성실하게 수강했다. 결석을 하지 않았고, 공부도 열심히 해서 당신과 편집부원들은 그런 희영을 놀리곤 했다. 고등학생이냐고, 다시 대학 갈 거냐고.

희영은 편집부 일이 없는 날에는 고등학생 과외를 다녔다. 고액 과외가 분명하다고 사람들은 이야기했다. 교육 기회 불평등에 기여하는 사교육 시장에서 일하는 대학생이라니. 그 사실을 대놓고 비판하는 선배들도 있었다. 걔가 부족한 애도 아니잖아. 희영이 걔, 가만 보면 욕심이 너무 많아. 희영이 지닌 모든 특성들은 좋게 말해 현실성으로, 나쁘게 말해 속물성으로 해석되곤 했다. 깔끔한 옷차림에 좋은 구두를 신고, 옅은 화장을 한 얼굴의 희영. 가까이 다가가면 좋은 향기가 나던 희영의 모습을 당신은 그려 볼 수 있다. 다들 담배를 피우는 회의 시간에 가끔 기침을 하던 비흡연자 그녀의 얼굴을.

그녀는 당신과 편집부 사람들에게 온전히 섞여 들지 못했다.

그즈음 정윤과 용욱이 만나기 시작했다. 정윤은 사학과 3학년, 용욱은 예비역 복학생으로 사회학과 3학년이었다. 초여름 술자리에서 용욱은 정윤의 어깨에 손을 얹고 편집부원들에게 말했다.

난 정윤이를 존경해.

그의 말에 다들 감탄했고, 그런 뒤에는 놀리기 시작했다. 편집부에서도 연애를 할 수 있다니. 말도 안 돼. 그렇게 말하는 사람들 곁에서 당신은 순진한 즐거움을 느꼈다. 희영과 같은 지하철을 타고 집으로 돌아가는 길에 당신은 희영을 바라보며 말했다.

정윤 언니랑 용욱이 형 보기 좋아. 잘 어울리고.

당신은 동의를 구하듯이 희영을 바라봤다. 희영은 그 말을 못 들은 척 일간지에 시선을 뒀다.

안 그래? 아까 형이 정윤 언니 존경한다고 말하는 거 봤지.

왜 그런 말 하는지 모르겠더라.

희영은 그 말을 하며 당신을 바라봤다.

그렇게 과장하는 거, 나 잘 모르겠어. 정윤 언니가 왜 그 선배 만나는지도 모르겠고.

당신은 입을 다물고 희영의 감정을 이해하려고 노력했다. 편집부에서 가장 가까웠던 정윤을 빼앗긴 심정일지, 회의 시간마다 희영의 주장에 사사건건 반대하는 입장을 취하는 용욱에 대한 거부감일지. 어쩌면 희영은 그때 알고 있었는지도 모른다고 당신은 생각한다. 정윤을 존경한다고 말하면서도 속으로는 처음부터 정윤에게 열등감을 느끼고, 정윤이 자신보다 더 돋보이는 삶을 사는 것을 경계했던 용욱의 마음을 꿰뚫어 보았는지도 모른다고.

당신은 지나가는 말로라도 희영에게 칭찬을 한 적이 없었다. 희영이 지닌 통찰력, 글쓰기 능력, 절제력을 지니고 자기 삶을 운영하는 능력에 대해서. 희영이 얼마나 드문 사람인지, 어떤 의미에서 강한 사람인지 이야기해야 할 사람은 당신이었는데도. 당신에게 그럴 주제가 없다는 생각이었을까, 입을 열어 말을 하는 순간 당신의 초라함이 더 분명해지리라는 두려움 때문이었을까.

그러나 돌이켜 보니, 희영은 언제나 당신의 인정을 바

랐다. 같은 나이의 친구, 처음 글쓰기를 같이 시작한 친구의 인정을 바랐다. 모두가 느끼고 있었던 희영의 재능에 대해서 희영 자신은 한번도 확신한 적이 없었다. 분명한 논리로 자기 의견을 관철시켜 갔던 희영의 강한 얼굴 뒤로 자신은 글을 쓸 자격도, 재주도 없다는 괴로움이 자리하고 있는 줄 그때의 당신은 알지 못했다. 나는 말했어야 했어. 당신은 그 생각으로부터 벗어날 수가 없다. 조금의 의심도 없이 자기 확신으로 가득 찬 인터뷰이들을 만날 때마다 당신은 희영을 생각했다.

이번 주제 같이 준비해 볼래?

희영은 아내 폭력을 다루는 꼭지를 만들 예정이라고 했다.

법이 없어. 남편이 아내를 때려도 법적으로 처벌받을 근거가 없어.

그 당시 대한민국에는 존속에 대한 폭행죄는 있었으나 비속 및 아내에 대한 폭행에 관한 처벌법은 없었다. 희영은 가정폭력방지법 제정 운동에 대한 글 하나, 쉼터 활동가들 인터뷰 하나, 아내 폭력이 한국 사회에서 은폐되는 사회적 맥락에 대한 글을 하나 쓰고자 한다고 했다.

너랑 같이 취재 다니고 자료도 수집하고, 의논도 했으면 좋겠어. 너도 뜻이 있다면.

희영이 믿고 선택해 줬다는 생각에 당신은 행복했다. 당신과 희영은 주제 선정 회의에 앞서서 같이 공부를 했다. 〈매 맞아 죽은 여자들을 위한 위령제〉에도 함께 갔다. 위령제 무리의 맨 끝에 서서 바닥을 바라보는 당신의 손에 희영은 자기 손을 건넸다. 위령제가 끝날 때까지 희영과 당신은 손을 잡고 있었다. 희영의 손은 차갑고 부드러웠고, 당신은 그 손을 놓고 싶지 않았다.

주제 선정 회의에서 당신은 예전처럼 입을 다물고 있지 않았다. 희영은 저번에도 여성 문제 다루지 않았어요? 관심사를 좀 넓혀도 될 것 같은데. 선배의 지적에 당신은 이 사안이 얼마나 중요한지, 왜 그 지면에서 다루어야 하는지 설득하려 노력했다. 그때 당신은 몸이 뜨거워지는 경험을 했다. 써야 하니까 쓰는 것이 아니라, 쓰고 싶어서 쓰는 것, 마음을 다해서 쓰고 싶다는 마음이 불처럼 당신 몸을 휘감고 아프게 하는 느낌을 받았다. 그런 마음으로 사람들을 설득하려 노력한 것은 처음이었다. 아내 폭력 문제가 주제 선정 회의에서 통과되고 당신과 희영은 쉼터를, 여성의전화를 찾아가고, 가정폭력방지법 제정 범국민연대의 관계자와 인터뷰를 하고 남편에게 살해당하거나 남편을 살해한 여성들의 사례를 수집했다.

그 과정에서 스물한 살의 당신은 화가 났다. 여자가 맞아서라도 가족은 지켜져야만 하는 것이라는 가족주의에, 살려달라고 공권력의 보호를 청했던 수많은 여자들이 결국 살해당해야 했다는 사실에 대해서. 당신은 걷다가도, 밥을 먹다가도, 심지어 잠을 자다가도 깨어 분노에 휩싸였다. 분노는 배출될 수 없는 독처럼 하루하루 당신 몸에 쌓였다. 당신은 당신의 분노가 무엇 하나 바꾸지 못하고, 그저 당신 자신의 행복을 깨뜨리고 있다는 생각에 슬픔을 느꼈다. 가까운 사람들을 대할 때, 심지어 당신 자신을 대할 때 당신은 예전보다 더 엄격하고 까다로운 사람이 됐다. 짜증을 쉽게 냈고, 작은 일에도 화를 냈다. 아무것도 바꾸지 못하면서 자기 분노 속에 갇혔을 뿐이라고 당신은 생각했다. 그건 당신이 바라는 바가 아니었다.

당신은 1992년부터 시작된 가정폭력방지법 제정 운동의 역사를 정리하는 일을 맡았다. 그건 공론화된, 맞아 죽은 여자들의 역사를 정리하는 일로부터 시작됐다. 장기간의 폭행이 지속되고, 살기 위해 남편을 죽여야 했던 여자들도 있었다. 종이에 그 여자들의 이야기를 적다가 당신은 땀처럼 솟는 눈물을 몇 번이나 닦아 내야 했다. 당신은 울면서 글을 썼다. 마음이, 당신과 아무런 관계도 없는 사람들의 마음에 붙을 수 있다는 것을 당신은 그때 알았다. 글을 다 쓰고, 회의에 들어가서 소리 내어 써간 글을 읽으면서 당신은 몇 번이나 목이 메어 낭독을 중단해야 했다.

남편에게 계속 맞았다고 해서, 남편을 죽일 권리가 있는 건 아니지 않나요. 그게 어떻게 정당방위가 되는 거죠? 경찰을 부르든지 이혼을 하면 되지 사람을 죽일 것까진 없잖아요.

남자 선배 하나가 그런 지적을 했을 때, 당신은 되도록 감정적으로 반응하지 않으려고 노력했다.

다른 선배가 말을 이었다.

결론적으로는 쌍방 폭력이죠. 살인이라는 폭력이 용인되어서는 안 되죠.

그때, 가만히 듣고 있던 정윤이 입을 열었다.

심정적으로 이해가 안 되는 건 아닌데, 다수의 공감을 이끌기 위해서는 남편을 살해한 여자들의 이야기는 빼는 것이 좋을 것 같아요. 그걸 빼고도 충분히 법률적인 모순을 지적할 수 있으니까. 굳이……

희영이 정윤의 말을 끊고 입을 열었다.

아니요. 남편을 죽여야만 아내가 살 수 있는 사회 구조의 잔인함에 대해 이야기하는 거예요. 그 부분이 빠져서는 안 되고요. 왜 여자들이 경찰을 불러도, 이혼을 하고 싶어도 그 폭력에서 벗어날 수 없는지 제가 다음 글에서 분석했으니 읽어 보세요.

희영은 감정의 동요 없이 자신이 써온 글을 소리 내어 읽었다. 명확한 주장과 그를 받쳐 주는 논리적인 근거로 짜인 단단한 글이었다. 같이 공부하고 준비를 했지만, 당신 역시 오래도록 남자들의 시선으로 살아왔다는 것을 희영의 글을 읽으며 깨달았다. 이사를 하다 실수로 그 글이 들어 있던 교지를 잃어버리기 전까지, 당신은 자주 그 글을 읽곤 했다. 글쓰기가 막히고, 질리고, 어떤 의미도 없다고 느껴질 때 희영의 글을 읽으면 환기되는 무언가가 있었다. 당신은 희영의 글에서 힘을 받았다.

조판을 하러 충무로에 간 날, 당신은 인쇄소에서 희영에게 말했다. 이기적인 생각일지도 모르지만 차라리 이런 일을 모르던 때로 돌아갔으면 좋겠다고. 아무것도 모르고, 세상은 그럭저럭 잘 굴러가는 곳이라고 생각했던 시절로 이제 돌아갈 수가 없게 되어 버렸다고. 당신은 희영처럼 강한 사람이 아니어서, 화가 나서, 그러나 무력해서 속이 부식되고 있는 것 같다고 말했다.

당신의 이야기를 다 듣고 희영이 입을 열었다.

넌 내가 강하다고 생각했네.

희영은 창가에 서서 당신을 바라봤다.

선배들은 책임감을 말하지만, 난 해진이 네 행복이 더 중요하다고 생각해. 자길 괴롭히면서까지 해야 할 일 같은 건 없는 것 같아. 그래도……

희영은 잠시 침묵하다 말을 이었다.

난 이번에 너랑 같이 작업하면서 좋았어. 너한테 의지도 많이 했고. 난 네 글 좋아하니까. 계속 읽고 싶어. 점점 더 잘 쓰잖아. 한 학기만 더 해보는 건 어때.

그때 당신은 어떤 대답을 했을까. 어떤 이유로 당신은 그곳을 그때 떠나지 못했을까. 당신은 남는 것을 선택했다. 다시 남아 새로운 글을 쓰기로 결심했다. 그때의 선택이 당신의 삶을 여기까지 이끌고 올 줄 모르면서.

*

두 번째 교지가 나오고, 2학년 가을이 시작됐다. 편집부원들과 당신은 학내에서, 학외에서 열리는 집회를 따라다녔다. 네가 운동권이 될까 봐 두려웠었어. 당신의 아버지가 말했다. 그런 거 안 하고 학교 생활해서 좋다. 당신은 그의 안도한 표정을 기억한다. 그의 말이 맞았다. 당신은 어떤 학생 운동 진영에도 속하지 않았으니까. 그러나 당신 또한 집회 참가자였다. 당신은 집회의 중심이 아니라 맨 마지막 줄에, 가장자리에 서 있었다.

잊을 수 없는 장면.

당신과 희영은 미군에게 살해당한 어느 기지촌 여성의 5주기 추모 집회에 갔다. 그곳에 모인 사람들은 한반도 내 미군 범죄를 성토하고, 미군 범죄에 대해 미국에게 제대로 항의조차 하지 못하는 정권을 규탄했다.

그곳에서 당신과 희영은 미군에게 살해당한 여성의 시신 사진이 실린 유인물을 봤다. 처음에는 무슨 사진인지 이해할 수 없었지만, 자세히 보니 죽은 여자의 시신이라는 것을 알 수 있었다. 참혹하게 살해당한 사람의 몸. 그 사진 아래로 2년 전, 전국여대생대표자협의회에서 쓴 글이 짤막하게 실려 있었다.

〈그는 우리 조국의 모습입니다! 조국의 자궁에는 미국의 문화 콜라 병이 깊숙이 꽂혔고 조국의 머리는 시퍼렇게 피멍이 들어 있으며 조국의 온 산천은 이러한 모든 것을 감추려는 듯 희뿌연 세제가 뿌려져 있습니다.〉

당신은 그 유인물의 내용을 확인하자마자 두 번 접어서 가방에 넣었다. 희영도 그렇게 했다. 그렇게 접어서라도 그 사람의 몸을 가려 주고 싶어서. 맨 앞쪽에서는 미군 범죄를 규탄하는 발언이 이어지고 있었다. 그들은 우리의

누이들이었습니다!

그때 당신과 희영의 뒤쪽에서 누군가 소리쳤다. 범죄는 모국에서! 그러자 누군가 조금 작은 소리로 따라 외쳤다. 강간은 미국에서!

당신과 희영은 서로의 얼굴을 봤다. 몇몇이 그 구호를 산발적으로 외치는 동안 당신은 몸을 돌려 누군지 모를 사람들에게 말했다. 구호 중단하세요. 구호 중단하세요. 그러나 당신의 말을 진지하게 들어주는 사람은 없었다. 한국어를 모르는 사람들에게 한국어로 말을 하고 있는 것처럼, 당신은 인파 속에서 허우적대면서 말했다. 구호 중단하세요.

한참이 지나고 나서야 희영은 이야기했다. 그 구호보다도, 주변에서 옅게 퍼지던 웃음소리가 더 기억에 남는다고. 강간이라는 말이 집회에 활기를 주던 그 순간을 잊을 수는 없을 것 같다고.

당신은 얼음장 같은 희영의 손을 잡고 인파를 빠져나왔다.

희영은 그 집회에서의 일을 잊지 못했다고 했다. 사진이 담긴 유인물을 쓰레기통에 버리면서, 마음의 깊은 바닥에 금이 간 느낌이었다고. 그날의 일을 복기하며 그 가을을 지나왔다고 했다.

그러나 희영이 기지촌 여성 문제를 회의 테이블에 올렸을 때, 당신은 그녀가 너무 멀리 갔다고 생각했다. 굵직한 정치 사회적 의제들이 많았던 1997년 겨울, 희영이 들고 온 문제는 시의성이 떨어져 당장에 다뤄야 할 주제처럼 보이지 않았다. 다른 편집위원들의 생각도 당신의 염려와 비슷했다. 왜 우리가 1992년 가을의 미군 범죄에 대해 이야기해야 하는 것인지 이해할 수 없다는 것이 대부분의 의견이었다.

1992년 사건에 대해서만 쓰겠다는 게 아닙니다.

희영은 박정희 정권에서 만들어진 기지촌이 지금까지 어떻게 운영되었는지, 1992년 기지촌 여성 살인 사건을 반미 진영에서 어떻게 해석했는지 비판적으로 바라보고 싶다고 했다.

그 문제를 지금 왜 써야 하는 거죠?

용욱이 물었다.

아직도 그곳에 사람이 사니까요.

이미 끝난 일을, 지금 같은 시국에 이야기하는 게 무슨 의미가 있을지 모르겠네.

제 말은……

희영이 잠시 망설이다 말을 이었다.

그렇게 멸시하고 인간 취급도 안 하던 사람을, 민족의 누이라고 부르는 거, 그걸 해석하고 싶었어요. 가해자가 미국인이 아니고 한국인이었어도 이렇게 사람들이 분노했을까 싶고.

머뭇대며 말하는 희영의 모습을 보며 당신은 평소의 그녀 같지 않다는 생각을 했다. 그날, 희영은 듣는 사람들을 논리로 공략하지 못했다.

희영의 말에는 사건의 인과관계에 대한 고려가 없어요. 피해자가 왜 그렇게 잔혹하게 살해당했는데. 가해자가 미군이었기 때문이죠. 어떤 짓을 해도 한국에서 제대로 처벌받지 않는다는 걸 아니까 그런 범죄를 저지른 거죠. 대한민국이 미국 식민지라는 걸 그보다 더 잘 보여 준

사건이 있었어요? 그거 말고 다른 설명이 필요해요? 그 사건에?

후배 몇몇이 용욱의 주장에 동의한다는 요지의 발언을 했다. 침묵하던 정윤이 말을 더했다.

우리는 구조적인 모순을 이야기하지 않으면 안 돼요. 기지촌 문제는 민족 모순, 계급 모순 아래에서 배태된 문제죠. 거대한 구조를 봐야 해요. 왜 그 사람이 그때 거기서 살해당했는지. 구조적인 틀을 놓치고 가면 안 되죠.

정윤 언닌 정말 그렇게 믿어요?

희영이 입을 열었다.

주한 미군이 철수하면 그런 일이 없어질 거라는 거, 통일 조국이 되면 그런 일이 일어나지 않으리라는 거, 여자들이 맞고, 강간당하고, 죽임당하는 일이 없어지리라는 걸 믿어요, 언니?

논리에 모순이 있네. 정윤이 말했다. 민족 주권과 빈곤의 문제를 여성 문제로 축소해서 보려는 겁니까?

당신은 어떤 말을 해야 할지 알지 못한 채로 그런 희영과 정윤을 번갈아 바라보기만 했다.

언니는 여성 문제가 그렇게 작은 문제라고 생각해요? 전 그분이 살아 있을 때나 돌아가셨을 때나 사람들에게 이용당했다고 생각했어요. 민족의 누이 운운하면서 자기들이 하고 싶은 말 하려고 그렇게 처참한 시체 사진을 사용했고……

정윤이 희영의 말을 끊었다.

여성 문제요? 본인이 돌아가신 분과 같은 여자라고 생각해요? 그거 오만한 생각 아닌가. 너무 다른 입장 아닌가. 희영은 그런 삶을 경험한 적이 없고, 앞으로도 마찬가지일 거예요. 그런 삶에 대해 모르면서 어떻게 그렇게 말할 수 있어요. 희영이 그렇게 가난해 본 적 있어요? 몸을 팔아야 할 만큼? 대학 교육까지 받고 좋은 옷 입고 좋은 신발 신으면서 희영이 같은 여자랍시고 그 문제에 대해 이야기할 수 있다고 생각해요?

감정적인 토론은 지양합시다.

용욱이 끼어들었다.

그때 정윤이 넘어서는 안 될 선을 넘었다고 당신은 생각했다. 그렇게까지 격양되어 할 말이었을까. 희영의 계급성을 지적하면서 인신공격을 하듯 해야 할 말이었을까. 그렇지만 당신은 정윤의 말에 공감하기도 했다. 우리가 기지촌 여성 문제에 대해 무슨 말을 할 수 있나. 희영은 왜 그 문제를 끌고 왔나. 조금 더 가까운 사회 현상을, 혹은 더 중요한 문제를 이야기해야 하는 것 아닌가. 당신은 희영을 이해할 수 없었다.

희영은 차분한 표정으로 정윤의 말을 끝까지 들었다. 정윤의 말에 어떤 반박을 할지 궁금했지만 희영은 알겠다는 대답만 하고 말을 잇지 않았다.

그다음 회의 자리에서 희영은 처음으로, 자기 손으로 자신이 쓰고자 했던 주제를 폐기했다.

*

그다음 학기에 3학년이 된 희영, 4학년이 된 정윤과 용욱이 편집부를 떠났다. 언제나 그만두고 싶다고 생각했던 사람은 당신이었지만, 당신은 졸업반이 될 때까지 그곳을 떠나지 못했다. 희영과 정윤과 함께 책을 만들었던 마지막 시간을 당신은 좋게 기억했다. 언제나 그랬듯이 어느 정도의 갈등이 있었고, 논쟁이 있었고 실망과 낙담이 있었지만 그들이 써온 글을 읽는 기쁨이 그보다 더 컸다. 그런 사람들과 함께 활동할 수 있다는 사실 자체가 만족스럽기도 했다.

편집부를 2년 넘게 하면서 당신은 예전처럼 더디게 글을 쓰지 않았다. 막연한 덩어리 같은 생각을 언어로 풀어낼 때, 어렴풋하게 떠오른 문장들을 당신의 목소리로 종이 위에 적어 나갈 때, 당신은 더 이상 사람들 앞에서 우물쭈물하는 겁쟁이가 아니었다. 골똘한 생각을 써내려 간 글 속에서 당신은 당신 나름의 힘을 느낄 수 있었다. 어쩌다 만나는 그런 순간들이 줬던 경이와 행복을 당신의 삶에서 계속해서 경험하고 싶었다. 그토록 나약해 보이는 당신 안에도 누군가의 마음을 건드리고 흔들 수 있는 힘이 있다는 것을 글로 보여 주고 싶었다. 당신도, 아무것도 아닌 사람처럼 보이는 당신도, 감정이 있고 생각이 있는 사람이라는 것을 그런 식으로라도 증명하고 싶었다.

글 쓰는 일이 쉬웠다면, 타고난 재주가 있어 공들이지 않고도 잘할 수 있는 일이었다면 당신은 쉽게 흥미를 잃어

버렸을지도 모른다. 어렵고, 괴롭고, 지치고, 부끄러워 때때로 제대로 쓰지 못하는 스스로에 대한 모멸감밖에 느낄 수 없는 일, 그러나 그 시기를 쓰는 일로 극복할 수 있다는 사실에 당신은 마음을 빼앗겼다. 글쓰기로 자기 한계를 인지하면서도 다시 글을 써 그 한계를 조금이나마 넘어갈 수 있다는 행복을 알기 전의 사람으로 당신은 돌아갈 수 없었다.

희영이 정윤을 더는 보지 않기로 마음먹었던 일을 당신은 아직도 확실히 이해하지 못한다.

편집부를 나갔지만 희영은 당신과도, 다른 편집부 후배들과도 자주 만나서 시간을 보냈다. 그렇지만 정윤이 참석하는 자리에는 모습을 보이지 않았다. 어느 모임에서는 정윤이 온다는 말을 듣고 황급히 자리에서 일어나기도 했다. 왜 정윤 언니를 피해? 물으면 희영은 그냥 그렇게 되어버렸다고 말했다. 그러고는 나 정윤 언니 미워하는 거 아니야. 많이 좋아해. 그런데도 힘들어서 그러니까 네가 좀 이해해 줘, 라고 이해할 수 없는 말을 했다.

정윤은 냉소로 대응했다. 나 이제 희영이 신경 안 써, 아무 의미 없어, 그런 애, 라고 말했다.

그 둘의 관계에 신경 쓰기에 당신의 삶은 바빴다. 당신은 1~2학년 때의 성적을 보완하기 위해 수업을 열심히 들어야 했다. 편집부 일을 하면서 언론사 취업 준비를 시작했다. 글을 쓰면 희영에게 보여 주곤 했다. 희영은 빨간색 플러스펜을 들고, 같이 일할 때 그랬던 것처럼 당신의 원고에 수정 사항을 체크했다.

정윤과 희영은 같은 학기에 졸업했다. 정윤은 한 학기 휴학을 했고, 희영은 조기 졸업을 해서였다. 정윤은 모두의 예상대로 사학과 대학원에 진학했다. 그리고 희영은 조용히 기지촌 활동가의 삶을 시작했다. 대학 내내 그렇게 가까웠으면서도 희영은 자신의 계획에 대해 당신에게 이야기한 적이 없었다.

예전부터 생각했던 거야.

일을 시작한 희영이 당신에게 말했다.

기지촌 활동가들이 만든 소식지를 읽으며 마음이 끌렸다고, 자신이 있어야 할 곳이 그곳이라는 생각을 했다고 말하는 희영의 얼굴을 당신은 곱게 바라볼 수가 없었다. 당신은 희영이 아까웠다. 희영의 재주가, 희영의 능력이 그런 활동으로 낭비되리라는 생각에서 자유로울 수가 없었다.

겨울이 시작될 무렵, 희영은 날을 잡아 당신을 자신의 집으로 초대했다. 다섯 시였는데도 사위가 점점 어두워지고 있었다. 지하철역 출구에 나가니 맞은편 길가에 희영이 쪼그려 앉아 있었다. 처음 보는 초록색 파카에 벙벙하고 기다란 면 치마를 입고, 털신을 신고 있었다. 그렇게 낯선 곳에서 오랜만에 보는 친구의 모습이 어색하기도 하고, 반갑기도 하고, 대책 없이 벅차기도 해서 당신은 신호가 바뀌기를 기다리며 종종거리고 있었다. 신호가 바뀌기도 전에 희영이 고개를 들어 당신을 봤다. 그때 희영이 얼마나 행복해 보였는지 당신은 아직도 기억하고 있다. 그녀는 팔을 휘휘 돌리면서 허공에 큰 원을 그리고 있었다.

길을 건너, 당신은 희영과 함께 그녀가 자주 간다는 만두 가게에 갔다.

여한 없이 시키자. 남은 건 싸 가면 되니까.

당신의 허기를 읽은 것처럼 희영은 메뉴판에 있는 메뉴를 하나하나 시키기 시작했다. 고기만두, 김치만두, 라면, 꽈배기, 찐빵…… 삼발이 의자에 앉아서 호호 입김을 불며 당신과 희영은 그 많은 음식을 허겁지겁 다 먹었다. 먹느라 별다른 말도 하지 못한 채로, 이거 맛있다, 이것도 먹어 봐, 단무지 더 먹을래? 이런 이야기만 주고받으면서.

만두 가게를 나와 희영의 집으로 가는 길은 어두웠다. 걸으면 걸을수록 공간이 더 넓어지는 느낌이었다.

높은 건물이 없지. 밤에 정말 어둡다.

당신과 희영 앞으로 한 개의 기다란 그림자가 졌다.

희영의 방은 벽돌로 지은 3층짜리 다세대 주택 3층에 있었다. 신발을 벗고, 장판에 발을 디디니 발바닥이 데일 것처럼 뜨거웠다.

너 온다고 방을 데워 놓는다는 게 이렇게 됐네.

희영은 창문을 열고 요를 펴놓은 다음, 그 위에 앉으라고 권했다. 요는 차가웠다. 요에 앉아 둘러보니 별다른 세간 없는 방이 단정했다. 작은 방 하나에 큰 거실 하나로,

혼자 살기에 적당한 크기로 보였다.

그곳에 앉아 당신과 희영은 그간 하지 못했던 이야기들을 나눴다. 당신은 당신의 불안에 대해 이야기했다. 신문이나 잡지사에 취직하고 싶지만 그럴 수 있는지 모르겠다는 이야기, IMF로 인해 취업하기가 너무 어려워졌다는 이야기, 당신의 아버지가 구조 조정당한 이야기 같은 것들을.

희영도 자신의 이야기를 했다. 식단을 짜고, 식당에서 장을 봐서 음식을 하고 언니들과 함께 음식을 나눠 먹는 이야기, 언니들의 아이들을 맡아봐 주는 이야기, 쉼터의 세탁기가 고장 나서 고쳤던 이야기, 언니들의 고충을 들어주는 이야기 같은 것들을. 임금이 제때 들어오지 않아 어려움을 겪었던 일도, 휴일에 틈틈이 아르바이트를 해야 하는 이야기도 했다.

당신은 희영의 표정을 살피며 조심스럽게 입을 열었다.

난 네가 글 쓰는 일을 했으면 좋겠다고 생각했어.

희영은 웃으려다 실패한 표정으로 당신을 봤다.

네 재능을 살리는 쪽으로 사회 운동도 할 수 있을 것 같은데.

이제 잘 모르겠어…….

희영이 거기까지 말하고 안경을 고쳐 썼다.

글이라는 게 그렇게 대단한 건지 모르겠어. 정말 그런가…… 내가 여기서 언니들이랑 밥하고 청소하고 애들 보는 일보다 글 쓰는 게 더 숭고한 일인가, 그렇게 대단한 일인가 누가 내게 물으면 난 잘 모르겠다고 답할 것 같아.

희영은 열어놓은 창가를 바라보며 말을 이었다.

나는 그런 사람이 되기 싫었어. 읽고 쓰는 것만으로 나는 어느 정도 내 몫을 했다, 하고 부채감 털어 버리고 사는 사람들 있잖아. 부정의를 비판하는 것만으로 자신이 정의롭다는 느낌을 얻고 영영 자신이 옳다는 생각만으로 사는 사람들. 편집부 할 때, 나는 어느 정도까지는 그런 사람이었던 것 같아. 내가 그랬다는 거야. 다른 사람들은 달랐겠지만.

희영은 거기까지 말하고 당신을 부드럽게 바라봤다.

정윤 언니가 그랬지. 나는 이 문제로 글을 쓸 수 없다

고. 어쩌면 그 말이 맞았는지도 몰라. 가끔씩 언니들의 마음이 너무 가깝게 다가와서 내가 언니들의 마음을 알 것 같다는 생각이 들면 정윤 언니의 말을 생각해. 죽었다 깨어나도 나는 모른다고. 착각하지 말자고.

그 집에서 한 밤을 자고 집으로 가는 길에 당신은 희영의 여린 얼굴을 떠올렸다. 그건 사랑을 하는 사람의 얼굴이었다. 외로운 사랑을 하는 사람의 얼굴이었다.

*

서른아홉의 희영은 혼자가 아니었다. 그녀가 사랑하는 사람의 손을 잡고 임종했다는 말을 들었을 때 당신은 슬픔 중에서도 작은 안도를 느꼈다.

당신이 잠도 별로 자지 못한 채로 경찰서를 오가며 취재를 하던 신입 기자 시절, 희영은 몇 번 전화를 걸어서 해진아…… 부르고 아무 말도 하지 않았다. 그냥, 네 목소리 듣고 싶어서…… 라고 말을 끄는 희영의 목소리. 생각해보면 3분도 되지 않은 통화였지만 어쩐지 그때의 당신은 그녀의 전화가 내키지 않았다. 표시를 내려 하지는 않았지만, 희영은 당신의 마음을 읽고 더 이상 전화하지 않았다. 돌아보니 그때가 희영이 기지촌 활동을 한 지 3년 되었을 무렵, 그 일을 그만두기 직전이었다. 정윤과 용욱이 결혼을 하고 미국으로 간 것도 그즈음이었다.

희영은 그때의 일에 대해서 당신에게 아무것도 설명하지 않았다. 가끔 고립감이 들었어, 라는 말을 한 번 했을 뿐이었고, 당신도 더는 묻지 않았다.

희영은 식품 회사 총무과에서 오래 일했다. 가끔 만날 때면 당신이 좋아하는 맛의 카레 가루를 가져오기도 했다. 그 시간 동안 당신은 사회부에서 문화부로, 다시 사회부로, 정치부로 이동하며 글을 써왔다. 희영은 당신의 글을 읽었다는 내색을 한 적이 없었다. 더 이상 글을 쓰지 않는 사람 입장에서 당신의 글에 대해 왈가왈부할 수 없다는 듯이. 그러나 희영의 목소리는 당신과 함께 하며 당신을 깨우고, 다독이고, 당신의 확신을 의심하게 했다.

초년 기자 시절, 취재를 위해 갔던 집회에서 사람들이 「Fucking USA」를 부를 때 당신은 희영에게 말하고 싶었다. 희생자들의 억울한 죽음을 위해 모인 사람들의 입에서

나오던 그 노랫소리에 귀를 막아 버리고 싶었다고, 그러나 그런 생각을 아무에게도 말할 수가 없어 벌을 받듯 그곳에 서서 그 노래를 듣고 있었다고, 희영의 차가운 손을 잡고 그곳을 빠져 나가고 싶었다고. 당신은 애도하고 싶었다. 어린 죽음들 앞에서 그렇게 흥겹게 노래하고 싶지 않았다. 그 마음을 이해해 줄 사람은 희영밖에 없으리라고 당신은 생각했다.

희영은 자신의 병과 3년을 싸워 왔다. 자기가 아프다는 걸 사람들에게 알리지 말라고 부탁했지만, 마지막에 가서는 짧게나마 컴퓨터로 타이핑을 한 문장들을 당신에게 보냈다. 연락처도, 이메일 주소도 모르는 대학 시절의 사람들에게 대신 보내 달라는 부탁이었다. 죽은 후에 그렇게 해야 한다고 희영은 단서를 달았다. 혹시라도 사람들이 자신을 찾아오는 것이 죽기보다 싫다고, 농담하면서.

희영의 바람대로 당신은 희영의 장례를 치르고 사람들에게 메일을 썼다. 메일을 보낸 다섯 명 중에는 정윤도 있었다. 정윤 언니에게 전해 줘. 희영은 당신에게 보내는 메일에 그렇게 썼다.

〈정윤 언니, 내가 언니에게 관대하지 못했던 것을 용서해요. 그렇게 사랑하고 싶었으면서 사랑하는 방법을 몰랐던 거, 편지들에 답하지 않았던 거 미안해. 아주 오래 보고 싶었어요. 잘 지내요.〉

그러나 정윤은 메일을 읽고, 당신에게 답하지 않았었다.

정윤은 무슨 말을 하려는 듯이 여러 번 망설이다가 입을 열었다.

졸업하기 전에, 저기, 저 연극부 건물 앞에서 희영이를 본 적이 있었어. 마주 보고 걸어와서 서로 피할 새도 없이. 좁은 길이었잖아, 저기가.

정윤은 마치 그 자리가 보이는 것처럼 앞을 가리켰다.

너, 졸업하고 활동한다고? 물었더니 그렇다고 말하면서 나를 보는데 편안해 보였어. 내가 개를 봤던 어떤 때보다도. 그 얼굴이 잊히질 않아. 희영이를 생각하면 그때 얼굴이 가장 먼저 떠올라.

오월의 정오가 지나가고 있었다. 당신은 정윤의 흔들

리는 어깨를 한 손으로 잡고 그녀 쪽으로 다가가 앉았다. 무엇이 지나가고, 무엇이 그대로인지 아직은 알 수 없다고 생각하면서. 그녀가 당신의 품에 기댈 수 있도록, 당신은 정윤에게 조금 더 가까이 다가갔다.

“생략된 부분이 중요하게 느껴지는 이야기”

최은영

「몫」의 이야기는 어디서, 어떻게 시작되었나?

2003년 겨울과 2004년 여름, 동두천 새움터에 아주 잠시 방문했던 적이 있다. 언니들과 함께 소소한 작업을 하고 밥을 먹고 시간을 보냈다. 그때 기지촌 여성 운동에 관한 글들을 읽었는데, 예전 기지촌 활동가 여성들이 느꼈던 고립감에 대한 이야기가 그 후로도 오래 기억에 남았다. 여성 운동을 하면서도 여성 운동이라고 제대로 인정받지도 못하고, 경제적으로도 어려워 활동을 하면서 아르바이트를 해야 하는 상황이 적혀 있었다. 그때의 활동가들은 어떤 마음이었을까. 어떤 마음으로 기지촌 활동가의 삶을 살았을까. 그런 생각을 그 후로도 종종 했다.

작가 본인이 생각하는 이 이야기의 중심은 어디인가?

해진, 희영, 정윤 세 사람의 삶이 그 중심이 아닐까 싶다. 서로 비슷한 공간에서 같이 젊은 시절을 보냈지만, 이후의 선택을 통해 다 다른 삶을 살게 된다. 이들이 함께한 시간 이후의 삶에 대한 설명은 최대한 생략했다. 생략된 부분이 내게는 중요하게 느껴진다.

이 이야기를 쓰면서 염두에 둔 사람들이 있는지?

대학 때 같이 교지 편집부 활동을 하던 친구들을 생각했다. 똑똑하고 글도 잘 쓰던 친구들이어서, 언제나 내가 가장 모자라고 글도 제일 못 쓴다고 생각했던 기억이 난다.

어떤 장면이 가장 마음에 남는가?

해진이가 희영이의 집에 찾아간 장면. 너는 계속 글을 썼어야 했다고 말하는 해진에게 글쓰기가 그렇게 대단한 것이냐고 묻는 희영의 모습이 가장 마음에 남는다.

최근의 화두는?

나와 더불어 잘 살아가는 것이다. 나를 방치했던 시간이 길었다.

누구보다도 앞장서서 나를 비난하고 괴롭혀 왔다. 내가 무엇을 원하는지, 나에게 좋은 것들이 무엇인지, 내가 편안할 수 있는 방법이 무엇인지 나는 아직도 잘 모른다. 알아 가려고 한다. 더 이상 내가 나를 무시하고 방치하지 않을 수 있게 노력하려 한다.

손은경의 일러스트를 보고 본인이 생각했던 이미지와 어떻게 같고 어떻게 달랐나?

내가 생각했던 시각적 이미지라는 것은 없었다. 내 이야기를 그림으로 어떻게 풀 수 있을지 궁금할 뿐이었다. 손은경 작가님의 그림에서 회색과 초록색이 반복되어 사용되는 것이 흥미로웠다. 이야기 자체는 회색 톤이 어울리지만, 인물들이 지나는 시간은 초록이 어울린다는 생각을 했다. 두 색의 조화가 이 소설의 이미지를 시각적으로 잘 표현한 것 같다.

그림 작품이 계기가 되거나 영감이 된 적이 있는가? 꼭 일해 보고 싶은 일러스트레이터나 화가가 있다면?

그림이 소설 쓰기의 직접적인 계기나 영감이 된 적은 없다. 그러나 프리다 칼로의 그림을 보면서 마음이 움직이고 용기가 생겼던 것은 기억난다. 자기 상처나 아픔, 약자성 같은 것을 피하지 않고 고요히 응시하는 작가의 힘이 느껴졌다.

이야기를 짓는 것이 어떤 즐거움을 주는가?

이야기 짓기에는 집중하고 몰입할 수 있는 즐거움이 있다. 몰입 속에서 현실 속의 내가 지워지는 느낌이 좋다. 현실에서 벗어나서 이야기 속으로 들어갈 때의 자유로움이 좋다.

소설을 쓸 때 중요하게 생각하는 본인만의 원칙이 있나?

솔직할 것. 나의 가장 더러운 부분도 쓸 수 있어야 한다는 것. 가까운 사람들의 상처를 함부로 재현하지 않는 것. 사람들의 고통을 이용하지 않는 것. 아는 척, 잘난 척, 내가 뭐라도 되는 척하지 않는 것.

최은영에게 〈소설〉은 무엇인가?

소설은 내 오래된 친구, 끝나지 않을 것 같은 사랑, 내 몸.

〈소설〉은 현시대에 어떤 힘을 지니고 있다고 생각하는가?

씻기지 않는 외로움이 느껴질 때가 있다. 돈을 써도, 유튜브와 넷

플릭스를 봐도, 열 시간씩 인터넷을 해도 사라지지 않는 외로움 같은 것이. 그럴 때 좋은 소설을 읽으면 그런 공허감, 외로움이 얼마간은 지워지는 경험을 한다. 덜 아프다. 그런 독서 경험을 할 때면 다른 사람들도 이런 순간을 경험했으면 하는 소망을 하곤 한다. 좋은 소설을 읽고, 조금이나마 채워지고 위로받을 수 있는 순간을.

단편 소설의 장점은 무엇일까?

자기 전에 읽고 잘 수 있다는 것. 친구 기다리는 시간에 읽을 수 있고, 마무리를 지을 수 있다는 것. 짧은 길이 안에서 이야기가 완결되는 재미가 있다는 것.

좋아하는 단편 소설을 꼽는다면?

이런 질문을 받을 때마다 어렵다. 좋아하는 단편이 어림잡아 100편은 되지 않을까 생각하기 때문이다. 그래도 고르자면, 황정은 작가의 모든 단편 소설. 글의 매력이나 완성도, 개성, 무엇 하나 빠지지 않는 작품들이다.

소설을 쓸 수 없는 상황이 닥친다면 어떤 식으로 〈이야기〉에 대한 욕구를 표현할 수 있을까.

소설을 쓸 수 없는 상황이라고 생각하니 슬퍼진다. 언젠가 그런 날이 오겠지. 가끔 그런 생각을 하긴 하지만 말이다. 그런 날이 온다면, 아마도 친구들과 더 많이 이야기하지 않을까. 이야기하지 않고는 살 수 없을 것 같다. 친구들과 이야기하면서 시간을 보내고 싶다.

어떤 이야기를 쓰고 싶은지?

나는 사람이 사람을 사랑하는 이야기를 쓰고 싶다. 읽는 사람으로 하여금 사랑하고 싶다는 마음을 일으키는 이야기를.

이 책을 〈테이크아웃〉 한다면 어떤 공간과 시간으로 이 책을 가지고 가고 싶은지?

2018년 9월의 대한민국.

“쿡 찌르면 눈물이 터지는 여자 결정적 순간에 강단 있는 여자”

손은경

같은 이야기를 다른 시점과 배경에 두고 그려 낸 것 같다. 표현 방식에 대해 어떤 점이 어려웠고 어떤 점이 좋았는가?

소설을 읽고서 어떤 방식으로 접근해야 할지 고민했다. 두 번, 세 번 읽으며 마음에 남는 문장과 문단들을 필사하기 시작했는데, 각각의 그림은 그 활자에서 파생되었다고 볼 수 있겠다. 그림 한 장 한 장을 보면 각각의 다른 이야기를 하고 있는 것처럼 보이지만 모두를 모아 두고 보면 책을 읽듯 하나의 흐름으로 읽히기도 한다. 어떤 글에 첨언 삼듯 내 그림으로 힘을 보탤 수 있다는 점이 너무 좋았지만, 동시에 독자 개개인의 해석의 자유를 방해하는 것은 아닐까 고민되고 어려웠다.

「뭇」을 읽고 가장 먼저 떠오른 이미지는?

단단해 보이지만 의외의 순간에 누군가 쿡 찌르면 눈물이 터지는 여자. 그리고 여려 보이지만 결정적 순간에 강단 있는 여자.

컬러를 초록으로 선택했다. 어떤 점을 표현하고 싶었는지?

솔직히 말하자면 초록은 가장 좋아하는 색이다. 테이크아웃 시리즈 제안을 받고 콘셉트를 들었을 때부터 고민의 여지가 없었다. 그림 그릴 때 개인적인 취향, 사소한 습관이나 패턴 같은 것들, 심지어는 나 자신을 곧잘 집어넣는 편이다.

요즘 관심을 두고 있는 주제나 생각이 있나?

최근에 건축물에 대한 관심이 생겼다. 구체적으로는 직선과 곡선이 잘 어우러진 건물의 형태라던가, 붉은색 벽돌이나 작은 직사각형 타일로만 촘촘하게 채워진 건물의 외관, 너무 익숙해서 미처 알아채지 못했던 아파트나 주택의 의외의 귀여움 같은 것들이다. 올 가을에 여유가 있다면 내가 살고 있는 도시의 비슷한 듯 보이지만 고유의 개성이 있는 높고 낮은 다양한 건물들을 그려 보고 싶다.

그림의 아이디어는 어디서 어떻게 나오는가?

지극히 일상적인 풍경이나 생각, 보는 것, 듣는 것, 말하는 것들로부터 온다.

어떤 도구를 주로 사용하나? 또한 그리기 과정에서 중요하게 여기는 것은?

보통은 수작업을 하고, 마지막에 포토샵이나 디지털 툴로 정리를 한다. 나 스스로 형태에 대한 강박을 깨고 싶은 마음이 커서 스케치 단계는 뛰어넘는다. 잘못 그은 선 하나, 생각보다 어울리지 않는 색 하나둘에 유연해지다 보면 예상치 못한 우연한 효과도 얻을 수 있더라. 좋아하는 작가나 그들의 작업물로 미루어 봤을 때, 데생이 뛰어난 그림에 크게 애정이 없는 편인데, 그리는 입장에서는 자꾸만 형태에 집착을 하게 되는 게 영 못마땅하기 때문이다. 오랫동안 그렇게 작업을 했더니 지금은 종이를 펴자마자 컬러링을 하는 편이 훨씬 편하다.

문학 작품을 읽으면서도 영감을 얻는지 궁금하다. 최근에 어떤 작품을 읽었는가.

요즘엔 매우 간결하고 담백한 문장을 읽다 보면 문득 머리로 그려지는 이미지가 많이 생기는 것 같다. 작업으로 이어지지는 않았지만, 최근에 김용택 시인의 시집과 산문집을 읽었는데 좋았다.

동서고금 막론하고 같이 일해 보고 싶은 문인이 있다면?

시간을 조금 거슬러 올라간 1990년대, 2000년대의 무라카미 하루키. 하루키의 문체를 닮은 엉뚱하고 난해하고 매력 있는 그림을 그릴 수 있지 않을까. 「해변의 카프카」를 좋아한다.

그림을 그릴 수 없는 상황이 닥친다면 어떤 식으로 〈그림〉에 대한 욕구를 표현하겠는가?

〈그런〉 상황이 닥친다면 〈그런〉 욕구가 남아 있을지부터가 의문이다. 가만히 누워 있다가 허리가 아파 올 때쯤, 책상 앞에 앉아서 손으로 꼼지락거리면서 만들 수 있는 일을 찾아낼 것 같다. 나는 〈예쁜 쓰레기〉라고 치부되는 것들의 생산과 소비에 열심인 사람이다.

최은영
2013년 작가세계 신인상에 당선되면서 작품 활동을 시작했다. 소설집 『쇼코의 미소』, 『내게 무해한 사람』, 장편소설 『밝은 밤』이 있다. 문학동네 젊은작가상, 허균문학작가상, 김준성문학상, 이해조소설문학상, 구상문학상 젊은작가상, 한국일보문학상, 대산문학상을 수상했다.

손은경
순수 미술을 전공했고 현재 프리랜스 일러스트레이터이다. 그리는 즐거움을 잃지 않도록 애정이 있는 것들을 많이 그리고 있다. 책과 영화 포스터 등에 그림을 그리며 대중들과 소통하고 있다.

TAKEOUT 11

몫

글 최은영 **그림** 손은경 **발행인** 홍예빈 · 홍유진 **발행처** 미메시스

주소 경기도 파주시 문발로 253 파주출판도시

대표전화 031-955-4000 **팩스** 031-955-4004

홈페이지 www.openbooks.co.kr **email** webmaster@openbooks.co.kr

ISBN 979-11-5535-141-3 04810 979-11-5535-130-7 (세트)

발행일 2018년 9월 1일 초판 1쇄 2023년 8월 5일 초판 7쇄

이 도서의 국립중앙도서관 출판예정도서목록(CIP)은 서지정보유통지원시스템 홈페이지 (http://seoji.nl.go.kr)와 국가자료공동목록시스템(http://www.nl.go.kr/kolisnet)에서 이용하실 수 있습니다.(CIP제어번호: CIP2018025677)

미메시스는 열린책들의 예술서 전문 브랜드입니다.

테이크아웃은
단편 소설과 일러스트를 함께 소개하는
미메시스의 문학 시리즈입니다.

01 **섬의 애슐리** 정세랑×한예롤

02 **춤추는 사신** 배명훈×노상호

03 **우리집 강아지** 김학찬×권신홍

04 **밤이 아홉이라도** 전석순×훗한나

05 **우리는 사랑했다** 강화길×키미앤일이

06 **정선** 최은미×최지욱

07 **뷰티-풀** 박민정×유지현

08 **부산 이후부터** 황현진×신모래

09 **사랑하는 토끼 머리에게** 오한기×소냐리

10 **비상문** 최진영×변영근

11 **몫** 최은영×손은경

12 **문학의 새로운 세대** 손아람×성립

13 **팬텀 이미지** 정지돈×최지수

14 **끓인 콩의 도시에서** 한유주×오혜진

15 **목견** 임현×김혜리

16 **꿈은, 미니멀리즘** 은모든×아방

17 **목격** 김엄지×람한

18 **이코** 정용준×무나씨

19 **부케를 발견했다** 최정화×이빈소연

20 **아무도 없는 숲** 김이환×박혜미